好忙的春天

图书在版编目（CIP）数据

好忙的春天：万物生长的奥秘 ／（英）肖恩·泰勒，
（英）亚历克莎·莫尔斯著；邱咏仪绘；子葭译. 一 成
都：四川美术出版社，2022.5（2024.4重印）
书名原文：Busy Spring:Nature Wakes Up
ISBN 978-7-5410-5571-3

Ⅰ．①好… Ⅱ．①肖… ②亚… ③邱… ④子… Ⅲ.
①儿童故事—图画故事—英国—现代 Ⅳ．①I561.85

中国版本图书馆CIP数据核字(2022)第055202号

好忙的春天：万物生长的奥秘
HAOMANG DE CHUNTIAN: WANWU SHENGZHANG DE AOMI
[英]肖恩·泰勒，[英]亚历克莎·莫尔斯 著 邱咏仪 绘 子葭 译
选题策划 北京浪花朵朵文化传播有限公司
出版统筹 吴兴元
责任编辑 杨 东
特约编辑 罗雨晴
责任校对 袁一帆 冉华蓉
责任印制 黎 伟
营销推广 ONEBOOK
装帧制造 墨白空间·唐志永
出版发行 四川美术出版社
（成都市锦江区工业园区三色路238号 邮编：610023）
成品尺寸 235mm×290mm
印 张 5
字 数 30千
图 幅 32幅
印 刷 北京利丰雅高长城印刷有限公司
版 次 2022年5月第1版
印 次 2024年4月第4次印刷
书 号 978-7-5410-5571-3
定 价 60.00元

官方微博：@浪花朵朵童书
读者服务：reader@hinabook.com 188-1142-1266
投稿服务：onebook@hinabook.com 133-6631-2326
直销服务：buy@hinabook.com 133-6657-3072

浪花朵朵

好忙的春天

万物生长的奥秘

[英]肖恩·泰勒　[英]亚历克莎·莫尔斯　著

邱咏仪　绘　　子葭　译

四川美术出版社

冬天的时候，花园看起来安静又灰暗，
就像睡着了。

然后，一天早上，爸爸穿上了
那件破洞的套头衫。
这意味着，今天是适合去花园
里工作的一天。

我是对的!

小妹妹茉莉和我都出门帮忙。
花园里那么明亮,鸟儿们有的在歌唱,
有的在蹦蹦跳跳地啄食,
一只大蜜蜂匆匆忙忙地飞过,
到处都弥漫着湿泥土和阳光的味道。

"真暖和！"茉莉说。
爸爸点了点头："现在是春天了！"

爸爸说他有些挖土的工作要做，我们可以把
东西先拿到堆肥的地方，然后再帮忙种胡萝卜。
他说："让我看看我把耙子放哪里了。"
"让我看看！"茉莉跟着说。

接着，她冲进水坑，溅起水花。
鸟儿飞上枝头，继续叽叽喳喳。

"鸟儿们都好忙！"我说。
爸爸告诉我们："万物都很忙。植物很忙，
动物也很忙。春天是个忙碌的季节。"
茉莉大叫："好忙的春天！"

爸爸用手拂过和茉莉一样高的花丛，
蜜蜂和小飞虫就嗖地飞了出来。
爸爸告诉我们："春天的阳光就是大自然的
闹钟。
生命在苏醒，植物争先恐后地生长以获取
更多光照。
有些植物长得很高，于是风会把它们花朵
中的花粉吹散；
还有些植物为自己涂上绚丽的色彩，以此
来吸引昆虫。"

茉莉把她的脸埋在花丛里，
这些花儿让她打了个大喷嚏！
"你可不是大黄蜂！"我笑着对
她说。
但她开始一边转圈跑，一边发
出"嗡、嗡、嗡"的声音。

茉莉"嗡嗡"地转到了池塘边。

"这里有蝌蚪！"她大喊。

爸爸说："你们知道蝌蚪会变成蝴蝶吧？"

我告诉爸爸："它们是变成青蛙！"

"对，"爸爸笑了，"你说的没错！青蛙会产下数不清的卵，其中游得最快和最幸运的小蝌蚪会长得又大又强壮。

当它们变成青蛙时，你们会听到它们'呱呱'地唱着春天的歌。"

"你能像青蛙那样跳吗？"我问茉莉。

"不行，"她说，"但我可以像蝴蝶那样飞！"

茉莉围着我们"飞"来"飞"去。
鸟儿们也来回扑腾，好像它们也在一起玩耍。
有一只鸟儿停在了枝头……

我说："它在吃小树枝！"

"它不是在吃树枝，"爸爸说，"这里有很多美味的毛毛虫供它吃。它收集树枝是为了搭建一个巢。这个巢里很快就会有新孵出的小雏鸟啦！"

"啾啾、唧唧！"茉莉唱道，"唧唧、啾啾！"

茉莉的声音不是很像鸟儿，但她的声音和鸟儿一样欢快。

我们仍然没有找到爸爸的耙子。

棚子旁边也没有……但我们在那里发现了狐狸洞。

茉莉开始朝洞里瞅。

"狐狸在里面吗？"我问。

爸爸点了点头："在，而且现在它还有了小狐狸。"

"小狐狸！"茉莉叫，"出来一起玩吧！"

"小狐狸现在只想和妈妈待在一起，"爸爸低声说，"不过，它们很快就能在春天的阳光下做游戏了。"

"什么游戏？"我问。

"打滚和跳高！"爸爸说，"还有互相追赶和突袭的游戏！"

说完他开始追着我们跑，就像我们是小狐狸一样。

我跑到堆肥后面。

"爸爸!"我叫道,"你的耙子在这里!"

爸爸过来拿耙子。

"谁会住在那里啊?"茉莉问道。

爸爸用耙子把一根木头翻开。

"冬天时,刺猬喜欢睡在肥料堆里。"他说,

16

"现在是春天，昆虫也喜欢这里！"

这里有许多蚂蚁和潮虫，还有蠕虫和一只闪亮的甲虫。

"这些昆虫是大自然的回收者，"爸爸告诉我们，"它们正在努力工作，吃光所有死去的东西。"

在堆肥堆旁，我发现了一只毛毛虫。

"看！"我指着它。

"春天就在我们身边！"爸爸微笑着说。

"所有的生物都在生长、进食、创造新的生命。几天前，那只毛毛虫还是一个小小的卵，现在它正不停地进食。接下来，它会把自己包裹在茧里。然后它会变成一只蝴蝶并找到一个伴侣。"

"没错！"我说，"小蝌蚪会变成青蛙，而毛毛虫会变成蝴蝶！"

爸爸看着茉莉，问她："你能再'变'一次蝴蝶吗？"

"不能，"茉莉回答，"但这次我可以'变'成青蛙了！"

说完她就跳了起来！

"可能很快就要下雨了，"爸爸说，
"我们出来是为了做什么，你们还记得吗？"

"挖土！"我说。
"还有种胡萝卜！"茉莉回答。
"这就对了，"爸爸说，"一起忙起来吧！"
于是，我们开始了今天的工作。

鸟儿在一旁唱着歌，
花瓣翩翩飞舞而下，
现在，轮到我们开始忙碌。

春天是什么？

春天的阳光是大自然的闹钟，在冬天过后将动植物
纷纷唤醒。
随着充满活力的春天到来，你开始能看到、听到，
甚至嗅到新生命的迹象。

每一天早上，黑夜都比前一天更早地被赶走。
刺骨的寒风开始变得柔和、温暖。
冰融化了，河流涨水了。
雷阵雨和清晨的露珠带来了最新鲜的水分。

这些季节性的变化召唤着动物和植物：
把冬天抛在脑后吧，是时候该重新忙起来了。

太阳，和地球围绕太阳的转动，给我们带来了四季。

一年中一半的时间，南半球会向太阳倾斜。
而另一半时间，北半球距离太阳更近。

在地球朝太阳倾斜的地方，
白天逐渐变得更长更温暖。
一个更明亮，有时也更湿润的春天，就这样来了。

植物

春天时日照时间会变长。太阳温暖着土壤和水，
这提醒植物是时候开始生长了。
于是，到处都有新生命在萌发。

根和芽

在地里度过寒冷的冬天后，植物的种子充分吸收水分。
它们膨胀、发芽，往地下深处延展出新的根须，再破土
而出，长出嫩绿的芽。
接着，当植物接触到阳光，它们就利用光、空气和水在
叶子里制造食物。
这就是所谓的光合作用。

蓝铃花

报春花

白花酢浆草

董菜

芽

森林之花

在林地上，春天的花朵在一年中的大部分时间里都静静蛰伏。
现在它们突然钻出来，给森林大地染上了颜色。
趁着树木还光秃秃的，花朵们展开了一场捕捉阳光的竞赛。
它们在短短几周内开花结籽，之后又将消失一整年。

落叶松

橡树

树枝头

树枝头的芽也一直在休息。但现在，树干内的树液上升，这告诉嫩芽是时候萌发，变成叶子和花朵了。

黄花柳、落叶松、刺李、李子、苹果和樱桃属于最早开花的树木之列。

森林里的大块头，如橡树，也在苏醒。

橡树和白桦树会长出长长的柔荑花序。
它们的花粉会被风带走。
很快，树冠就会长出完整的叶子，
给林地带去阴凉。

刺李

黄花柳

垂枝桦

伏翼蝙蝠

雨燕

动物

在春天，动物们会充分享用丰富的食物和能量。
许多动物离开了它们安全、隐蔽的冬眠巢穴，
还有一些动物开始进行远距离迁徙。
因为是时候建立、完善家园，
是时候找一个伴侣生孩子、养孩子，
也是时候开始成长了。

雪兔

苏醒

温和的春夜，蝙蝠在栖身的洞穴、
树木或建筑物内从冬眠中醒来。
它们在冬天消耗了大量体能，
现在必须寻找食物。
雌性蝙蝠醒来时已经怀孕，
因此它们需要寻找一个新的栖息地，
以便生下幼崽。

獾会对冬季使用过的巢穴开展春季大扫除，
以便让这里继续迎接新的动物家庭。

换装

随着积雪融化，一些哺乳动物会褪去厚厚的
浅色冬衣，留下更轻薄而颜色更深的春天的
皮毛。"换装"为山里的雪兔在养育幼崽时
提供了防护。

更长的白天促使雄鹿开始迅速长出新的、天
鹅绒质地的鹿角。

獾

马鹿

唱歌跳舞

鸟类在黎明时欢快地合唱有助于它们寻找配偶。
求偶时，有些鸟儿也会展示自己美丽的彩色羽毛。

雄性松鸡会加人令人惊叹的群体表演，
它们会昂首阔步地跳舞，并高高地支起羽毛，挺起胸部。

乌鸫

黑琴鸡（松鸡科）

水孩子

有些海洋动物在春季会迁徙数千千米。
巨型鲸在觅食区和繁殖区之间穿梭，
在海藻林周围活动以保护它们的幼崽。
而小小的鳗鱼要穿越整个大洋，
才能到达它们成年后生活的家园。
在途中，它们的外表会发生几次变化，
先是从玻璃鳗鱼变成幼鳗，再到黄鳗，
最后成为成年银鳗。

灰鲸

大冠蝾螈

两栖类动物重新跃人池塘。
青蛙和蟾蜍产下数百枚果冻状的卵，
这些卵会随着成长多次改变形态，
这就是所谓的变态发育。
在繁殖季节，成年雄性大冠蝾螈的背部
会长出壮观的波峰，以此吸引雌性。

共同生长

动物和植物在春天需要互相配合才能生长和繁衍。

授粉

春天是许多植物开花和吸引授粉者的最佳时机。

花朵用美丽的颜色、形状和香味吸引动物来寻找美味的花蜜和花粉。

来访的昆虫和其他动物会把花粉从一朵花传到另一朵花。

因此，植物帮助动物养活了自己和孩子，而传授花粉的动物则帮助植物传播了种子。

蜜蜂从冬眠的洞穴中苏醒后开始忙碌，

四处寻找甜美的花蜜和花粉。

它们为自己的幼虫筑巢，

并将找到的食物填入巢中，

以便幼虫在孵化后食用。

天蛾

蜂鸟

有些鸟类也是授粉者。

耧斗菜的红花引来了蜂鸟。

这种植物开花的时间正是鸟类北迁的时候。

播种

很快，动物将帮助更多植物生长。

当它们吃水果和坚果时，也会把种子带到新的地方。

这些种子会在动物的粪便中出现，

而动物的粪便对生长中的植物来说是很好的肥料！

蚂蚁

蛞蝓

蜗牛

甲虫

蠕虫

回收

大自然的回收者，包括蠕虫、千足虫、潮虫、甲虫、蛞蝓和蜗牛，它们会将死去的生物分解成微小的颗粒，这有助于形成植物生长所需的土壤。

进食和迁徙

因为在春天有大量新鲜和富有营养的植物可供食用，所以，数以百万计的昆虫和其他生物会在春天繁衍后代。从我们脚下的泥土里到高高的树枝头，都有动物在享用大餐。

一些动物为了寻找最好的春季食物而长途跋涉。君主斑蝶会从冬季栖息地飞往几千千米外乳草植物生长的地方，并在那里产卵。

蓝山雀

君主斑蝶

睡鼠

睡鼠在漫长的冬眠中一点儿食物都不吃。
但当它们在春天醒来后，金银花的花蜜和花粉就成了它们最喜欢的食物之一。

你能帮忙做什么?

　　由于气候变化,春天的到来也受到了影响。植物的萌芽时间提前,蜜蜂也更早地开始活跃。然而这些变化对动植物也可能是有害的。对它们来说,在最佳时间醒来并开始生长是至关重要的。你可以通过了解气候变化及其对野生动植物的影响,并根据你发现的情况来采取行动,为它们提供帮助。

· 放上蝙蝠箱和鸟屋。

· 提供昆虫旅馆和喂鸟器。

· 造一个野生动植物池塘。

· 通过种植花卉和树木为野生动物提供食物。

· 通过记录和分享春天到来的迹象,帮助科学家保护大自然。

了解更多

大自然日历（Nature's Calendar）: naturescalendar.woodlandtrust.org.uk/
野生动植物基金会 (The Wildlife Trusts): www.wildlifetrusts.org
太空广场 (Space Place): www.spaceplace.nasa.gov/seasons/en/
环境儿童 (Climate Kids): www.climatekids.nasa.gov
萌芽(Budburst): www.budburst.org